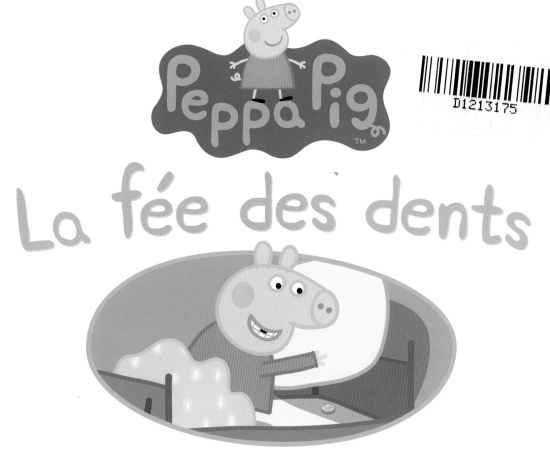

La fée des dents

Texte français d'Isabelle Allard

Catalogage avant publication de Bibliothèque et Archives Canada

Tooth fairy. Français
    La fée des dents / texte français d'Isabelle Allard.

(Peppa Pig)
Traduction de: The tooth fairy.
"Ce livre est basé sur la série télévisée Peppa Pig."
"Peppa Pig est une création de Neville Astley et Mark Baker."
ISBN 978-1-4431-7378-0 (couverture souple)

    I. Astley, Neville, créateur II. Baker, Mark, 1959-, créateur
III. Titre. IV. Titre: Peppa Pig (Émission de télévision). V. Titre:
Tooth fairy. Français.

PZ23.F43 2019   j823'.92   C2018-904533-7

Cette édition est publiée en accord avec Entertainment One.

Ce livre est basé sur la série télévisée *Peppa Pig*.
Peppa Pig est une création de Neville Astley et Mark Baker.

Édition publiée par les Éditions Scholastic,
604, rue King Ouest, Toronto (Ontario) M5V 1E1 CANADA.

5 4 3 2 1   Imprimé en Malaisie 108   19 20 21 22 23

Imagine un petit cochon à l'esprit vif, qui est très fier de ses dents. Ce cochon se nomme Peppa.

Groin! Groin!

Peppa et son frère, George, savent prendre soin de leurs dents. Ils les brossent tous les matins ET tous les soirs!

Frr!

Frr!

Peppa et George adorent jouer
au dentiste. Peppa est la dentiste
et George est son assistant.

Le jouet de George sert de patient.

— Comme tu as de belles dents bien
propres, M. Dinosaure, dit Peppa avec
un grand sourire.

— *Grr!* fait George.

Un jour, après avoir joué au dentiste, Peppa
et George mangent leur souper. C'est alors que
quelque chose tombe dans l'assiette de Peppa.

Tac! Tac! Tac!

Peppa SURSAUTE!

— Qu'est-ce que c'est que ça? demande-t-elle.

— Ho! Ho! C'est une dent, dit Papa Cochon en riant.

— Mais d'où vient-elle? continue Peppa.

— Va te regarder dans le miroir, dit Maman Cochon.

Peppa se regarde. Elle a un GROS trou entre les dents!

— Oh non! s'écrie-t-elle. Est-ce qu'on doit aller voir le docteur Éléphant?

Ho! Ho! Ho!

— Non, répond Maman Cochon. C'est normal. Les dents de lait sont censées tomber.

— Une dent de lait? Qu'est-ce que c'est? demande Peppa.

— Une dent de lait, ou de bébé, c'est une dent qui tombe quand tu es jeune, explique Maman Cochon. Une autre dent la remplacera.

— Qu'est-ce que je dois faire de cette dent alors? demande Peppa.

— Si tu la places sous ton oreiller, la fée des dents viendra. Elle prendra ta dent et te laissera une pièce de monnaie toute brillante à la place, dit Maman Cochon.

Pendant la soirée, Peppa regarde la télévision avec sa famille, mais elle continue de penser à la fée des dents.

— Quand je serai grande, je veux être
une fée des dents! annonce Peppa.
Papa Cochon éclate de rire.
— Et toi, George, que veux-tu être
quand tu seras grand? demande-t-il.
George montre son dinosaure du doigt.
— Dinosaurrrrrr! rugit-il.

Hi! Hi!
Hi!

— Allez, George, crie Peppa.
Il ne faudrait pas manquer la fée
des dents!
Tous les deux montent se
préparer pour se mettre au lit.

— Que fais-tu, Peppa? demande Papa Cochon.

Peppa est en train de brosser avec soin sa dent de lait.

— Je veux que ma dent soit propre et brillante pour la fée des dents, dit Peppa.

Groin! Groin!

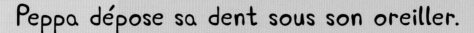

Peppa dépose sa dent sous son oreiller.

— Es-tu certaine que la fée trouvera ma dent? demande-t-elle à sa mère.

— Je te le promets, répond Maman Cochon. Tu vas voir!

— Bonne nuit, maman! Bonne nuit, papa!
— Bonne nuit, Peppa et George!

Hi! Hi! Hi!

— Je vais attendre la fée des dents toute la nuit, dit Peppa. George, et si on ne dormait pas cette nuit?

George sourit et approuve d'un hochement de tête.

Peppa attend et attend encore...

ZzZzZzZZz!
ZzZzZzZZz!

Elle entend quelque chose.

Est-ce la fée des dents? se demande Peppa.

— George, as-tu entendu? chuchote-t-elle. Vois-tu la fée des dents?

Elle descend pour regarder George. Il dort à poings fermés. C'est lui qui fait ce bruit!

Je suis meilleure que George
pour rester réveillée, se dit Peppa
en poussant un soupir.

Elle s'étend de nouveau
dans son lit.

Bientôt, ses paupières
deviennent lourdes et se ferment.
Puis elles se rouvrent.

Je vais rester réveillée pour
voir la fée des dents, se répète
Peppa avec détermination.

ZzZzZz!
ZzZzZz!

Mais bientôt, elle s'endort
malgré tout.

Diling! Diling!

Qu'est-ce que c'est?

C'est la fée des dents!

— Bonsoir, Peppa, chuchote-t-elle. Voudrais-tu échanger une pièce de monnaie contre ta dent?

La fée prend doucement la dent de sous l'oreiller et y dépose une pièce de monnaie étincelante.

— Quelle belle dent toute propre! dit la fée des dents. Merci beaucoup.

Flouch!
Flouch!
Flouch!

Le lendemain matin, Peppa trouve la pièce de monnaie étincelante sous son oreiller.

— Maman, la fée des dents est passée! annonce Peppa en sautant de joie.

Puis elle reprend en soupirant :

— J'aurais tellement aimé voir la fée des dents! La prochaine fois, je resterai éveillée TOUTE la nuit!